W0317476

Christoph Sonntag
Johann Wolfgang von Goethe

Fauschd uff Schwäbisch

Illustriert von Rolf Kutschera

Eichborn.

© Vito von Eichborn GmbH & Co. KG,
Frankfurt am Main, Februar 1997

Mephischdo
Gredl

En Schduddgard, do,
vor langer Zeit,
gab's halt no richtig
g'scheite Leit:
Dor Fauschd! – hot scho
manch Weinle g'schlotzt
doch stets viel mehr
en'd Biachor glotzt.

»Gibt's net wie d'Schpenn
ihr Netzle webt
en Strick, der dui Welt
zammahebt?«

Des miaßt doch
zom erforscha sei,
doch Doktor Fauschden
fällt nix ei.

Er liest ond forscht
über die Welt
ond was se bloß
zusammahält,
probiert's mit Kunschd,
Philosophie,
doch: Nix! Da bleibt nur:
Die Magie!

Fauschd holt sich seine
Zauberbiachor
liest Sprüchla, Versla,
Hexafliachor,

er liest saumäßig viele
Stond,
scho werdat seine Auga
wond.

Der Fauschdle kann scho fast
net mehr,
er kommt schier uffem
Zahnfloisch her,
ond liest en Spruch –
»Oh Heidanei!
Des isch's! Juche!
Des muß es sei!«

»Was isch des fir a Zeicha do?«
– dor Heinrich
  guggt no besser no –
»Jetz' ruafa mo die Goischdor,
  gell?
– Herrje! S'wird schwarz
  ond wiedor hell!«

En Knall, en Rauch,
»Was isch denn dees?«
A Pudele,
a grantig schees!
Scho wiedor kracht's,
der Hond isch weg,
jetzt stoht en Mann
an sellem Fleck.

Der Fauschd hat furchtbar
sich erschrocka,
der Kerle hat ja bloß
oin Socka!
Dofür hat er
en Pferdefuaß
und sagt ganz höflich:
»Gott zum Gruaß!«

»Mein lieber Fauschd,
i kann dir schenka,
en Haufe Zeug,
was du kannsch denka:

Geld, naggte Weibor
ond viel Glick.
Du wirsch schon säh,
s'kommt knübbeldick!«

En Schduddgardor will's
g'nauer wissa:
»Du Kerle wirsch
mir saga missa,
woher du kommsch ond
wie du hoisch,
ond ob's omsonscht isch,
was du woisch!«

»I bin des Gegateil vom Guada!«
– dor Fauschd duad Böses
    scho vermuada –
»I wohn ansonsten in der Hell,
Mephischdo hoiß i, merk dor's,
    gell!«

Er guggt em bloß
en d'Auga nei,
dem Fauschd sein Widerstand
bricht glei.

Der Blick fahrt nei
grad wie en Blitz,
der Deifel, der
macht koine Witz!

HO! HO! HO!

Mephischdo muß ganz
höllisch lacha,
dor Fauschd kann nix
dorgege mache,
dor Deifel hot
den Denger g'fanga,
ond laßt en jetzt
g'wieß nemme ganga!

»Was soll denn au
des ganze Läse?
Wär dess vielleicht scho
älles g'wäsa?«
Mephischdo aber schbricht:
»Komm raus!
Mir lasset älle
Saue naus!«

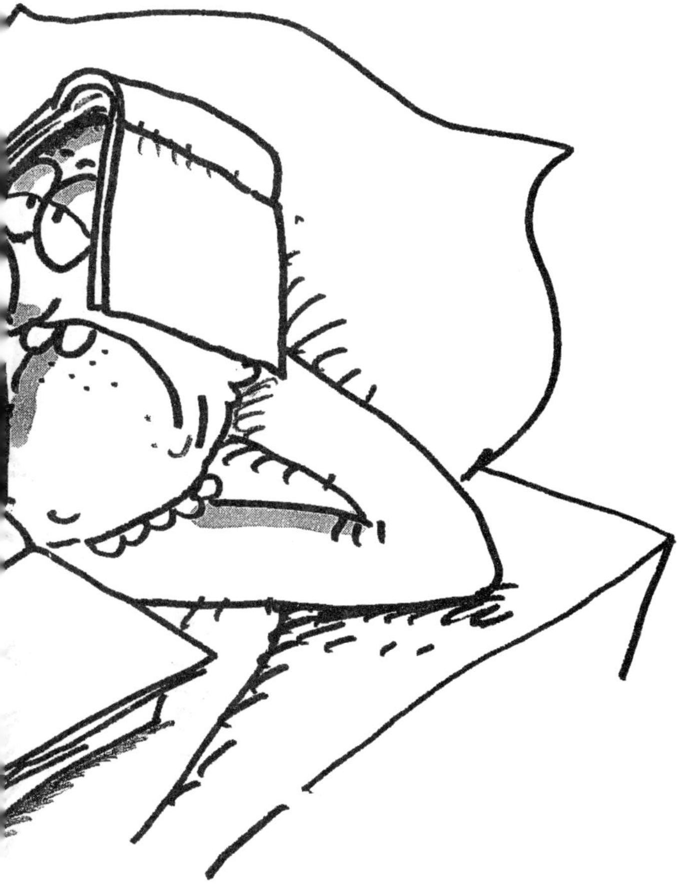

»I brauch bloß no
dei Onderschrift,
da, gugg: I han au scho
enn Schdifft.

Als Tinde nemm i Bluad,
du Denger,
drom schdupft i di
en Zeigefinger!«

No schreibt dor Fauschd
sein Nama na,
Mephischdo sagt:
»Gugg, was i ka.
Von mir griagsch du
die ganze Welt,
sag' was du willsch, Schwob,
außer Geld!«

Des g'fallt em Fauschd,
er wird ganz wild
ond guggt sich an
sei Spiegelbild.
»I dähd halt neue Kloider
welle!«
Der Deifel braucht des Zeug
net b'stelle.

»A scheena Hos,
was soll i sage?
I hann no nie was
scheeners traga!

Ond elles Samt,
samt Schwert ond Huat,
i muß scho sage:
s'stoht mor guat!«

No dabbet se dor
Neckar na
ond gugget scheene
Weiber a.
»Dort lauft a Saubers!«
S'Fauschdle niggt,
isch von de Mädle
hell entzückt.

Was hopft do aus dem Gotteshaus?
Des Fräulein sieht ja herzig aus!

So blond ond schee ond nätt ond jong,
dem Fauschdle sabbert scho sei Zong.

»Mephischdo,« spricht er:
»die muaß's sei,
die isch so schee,
die isch so fei.

Wärsch Du mor jetzt
dorhentor här,
daß i nachts en ihrm
Stüble wär?

Ond schaffsch des net
ond dusch mi b'scheißa,
kannsch glei dein Bluads-
vertrag verreißa!«
Dem arme Deifel wird's
ganz hoiß,
hano, dess isch ein
Jenseits-Scheiß:

Wenn Fauschd dui Gredl
net bussiert
wird er in'd Hölle
z'rück bugsiert!
Drum dengd Mephischdo
deuflisch dra
wie mor die Sache
schaukle ka.

BACK TO HELL!

Ond om des Dengle zom
vorfiera
duat er's zuerschd mit G'schenk
probiera

– scho zappeld des
arm Gredele
dem Deifel an
seim Fädele.

Die Gred' muß dringend
ebor fraga,
dor Muddor ka se des
net saga!
Vielleicht ka d'Dod
en Rat ra geba,
weil die verstoht
ebbas vom Läba.

Des isch ganz nach
Mephischdos Sinn,
flugs läuft er jetzt zur
Dode hin.

Er schwätzt mit ihr,
isch lieb ond nätt
ond schnell hat er
en Stoi em Brätt.

Drom sagt'r au,
en Afrika,
do hätt'r g'säh ihrn
treua Ma.
En feinor Kerle sei des
g'wäh.
Er häb's mit oigne Auga
g'säh.

Bloß sei der dot,
zwecks viele Tonne,
der sei dort undors Nilpferd
komme.

»Jetzt hocke mor
uff's Schäßlo (en Sessel) na,
daß mor des
ruich beschprecha ka.«

Derweil läßt's Gredle
Fauschden nei,
se machet »Schmatz«
ond »Eieiei«.
Ja, en die sauber
Dogdorsg'stalt
hat sich des Mädle
schee verknallt.

Die Mamma schläft
saumäßig guat,
der Schlafdronk goht ra
glei ens Bluat.
Den hot ra der Mephischdo
g'macht
ond's Gredle ihr ens Zemmor
bracht.

Die Gredl, die war ganz
verziggt,
der Fauschd, der hot zu allem
g'niggt,

bloß, als se nach
seim Glauba fragt,
da hot ra d'Antwort
net behagt.

Trotzdem hat's ehm
sei Liebe g'schenkt.
Ond hätt sich
überhaupt net denkt,
daß ebbas mol
so schee sei kennd,
wia se so naggt
em Bett drenn send.

Doch später sagt se:
»Fauschd, hör' zu,
dein Kumpel läßt mir
gar koi Ruh!«
Sie häb jetzt nemlich
große Zweifel,
ond warnt ihrn Heinrich
vor dem Deifel!

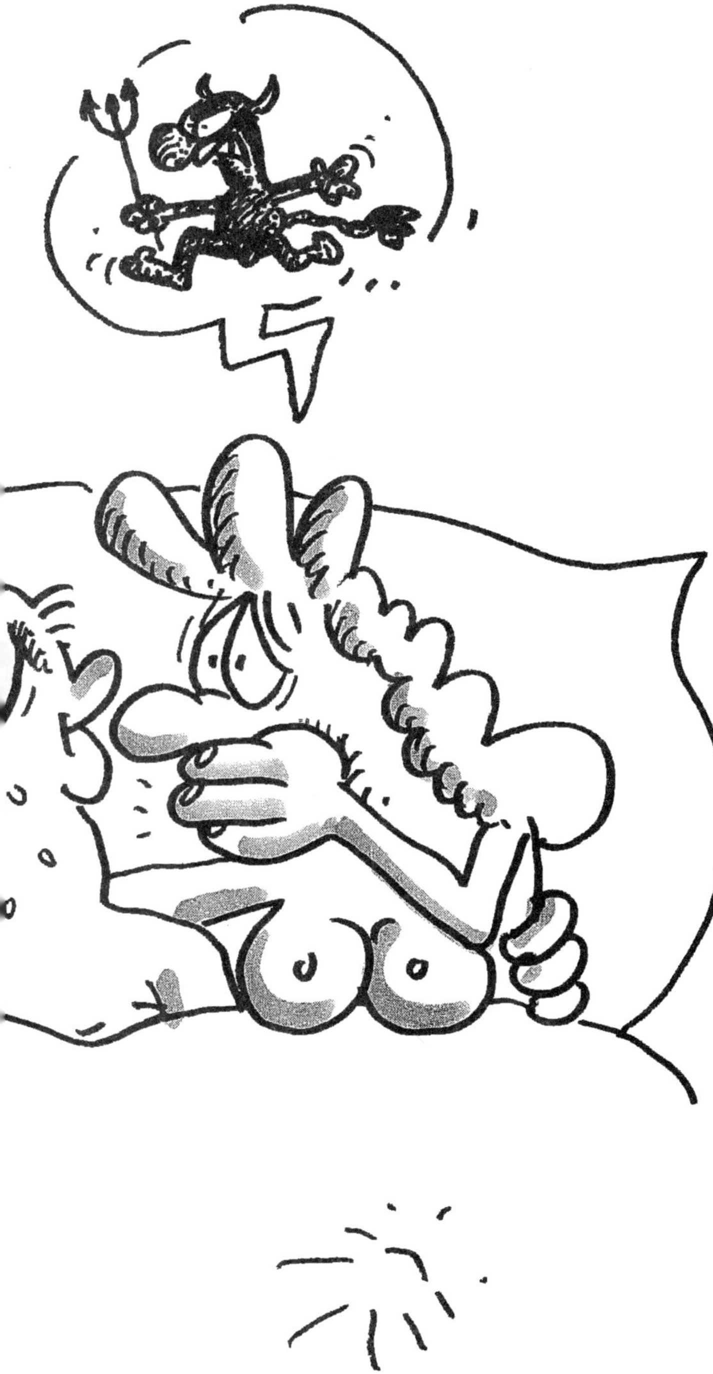

»Awa«, sagt's Fauschdle,
»s'isch scho recht,
Mephischdo, der isch
nedd so schlecht.
I muß jetzt ganga,
gugg mal naus,
da kommt ja scho
die Sonne raus.«

Des Gredle bleibt en
ihror Kammor
ond kriegt en groẞa
Katzajammor:

»Dr Fauschd isch weg,
des Heitle au,
du bisch koi Kend meh,
jetzt bisch Frau!«

Ebbas an ihre Nerva ziagt:
was, wenn se jetzt
    a Kendle kriagt?
Die Leid,
    die schwätzet alles rom,
die sen verklemmt
    ond furchtbar domm.

Dem Fauschd, dem isch des älles
wurscht,
er fährt end Welt ond stillt sein
Durscht,

nach Wissa, Geld
ond ganz viel Glick,
er läßt des Mädle
oifach z'rick.

Die schwangre Gredl ka's
kaum fassa:
»Der Denger Fauschd hot mi
verlassa!«
Weil grad ihr Bruador kommt
nach Haus
schüttet sie dem ihr Herzle
aus.

Dor Wallendin
– so hoist ihr Bruador –
des isch em Herz
en wirklich Guador,
doch au Soldat ond voller
Wuat,
sucht er den Fauschd ond
schreit nach Bluat.

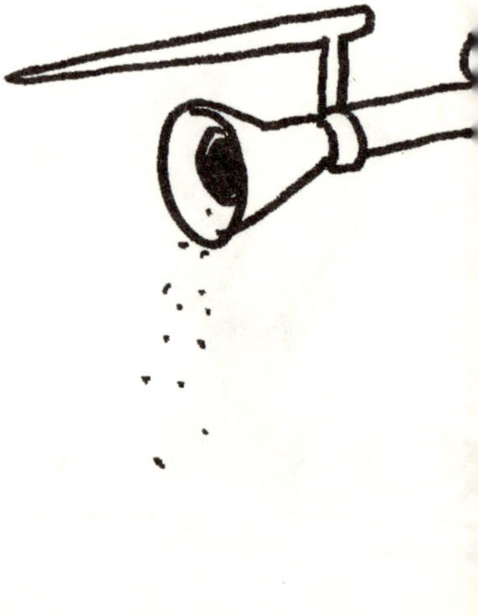

Er trifft ihn au und brüllt
ganz laut,
isch stinkesauer, schlägt
ond haut.
Mephischdo sieht
des Fauschdens Not
ond sticht den arma
Bruador dot!

Des Gredle kriagt indes
    a Kind,
den Wallendin mausdot
    mor find,
die Mamma kriagt
    z'viel Schlaftrunk ab,
der Gredl fallt
    des Kind herab.

RRRGH!!..

Deswege muß se
 vor Gericht.
»Ja, Gredele, so goht des
 nicht!
Des war a Sünd',
 en Kindesmord.
Du wirsch geköpft
 am Henkersort!«

KINDS-MORD!

Wie dann indes dor Fauschd
des hört,
hat ihn die Nachricht
sehr verstört,
goht zum Mephischdo,
fährt ihn an:
»Was hasch du Saubär do
getan?«

M

Mephischdo sagt:
»I rett' se dir!
I hann au scho en Schlüssel hier!«
Er zaubert kurz ond »Knall« ond »Zisch«
der Fauschdle im Gefängnis isch.

PISS OFF!

Doch Gredl ruft:
»Mir graut vor Dir!
Nein, Fauschd, hau ab!
I bleib' jetzt hier!
Dein Tod wird qualvoll,
armer Tropf,
Du endesch wohl im
Höllentopf!«

Dem Fauschd wird's g'schwend
ganz krabbenacht:
ob's Personal dort
Kehrwoch' macht?

Drum, Schwabe,
lies net, gang net weg,
bleib brav dorhoim
ond butz dein Dreck!

Danksagung der Autoren:

Herzlichen Dank an unsere Schwester Henriette, ohne deren aufreibendes Literaturstudium an der Universität Stuttgart der schwäbische Faust, so wie er hier vorliegt, nicht möglich gewesen wäre.

Christoph Sonntag
Johann Wolfgang von Goethe (nach Diktat verreist)

Die Deutsche Bibliothek – CIP-Einheitsaufnahme

Fauschd uff Schwäbisch / Christoph Sonntag. Johann Wolfgang von Goethe. Ill. von Rolf Kutschera. – Frankfurt am Main : Eichborn, 1997
ISBN 3-8218-3457-9

© Vito von Eichborn Verlag GmbH & Co. KG, Frankfurt am Main, Februar 1997
Umschlaggestaltung: Christina Hucke unter Verwendung einer Zeichnung von Rolf Kutschera
Satz: Fuldaer Verlagsanstalt, Fulda
Druck und Bindung: Wiener Verlag, Himberg
ISBN 3-8218-3457-9
Verlagsverzeichnis schickt gern:
Eichborn Verlag, Kaiserstraße 66, D-60329 Frankfurt/Main